Lulu Vroumette

Dans la même collection

Le Cirque de Lulu

Lulu Vroumette

Lulu et le dernier des dodos

Lulu et la cigogne étourdie

La Maîtresse de Lulu a disparu

Lulu a un amoureux

Lulu et l'ours pyjama

L'Arche de Lulu

Lulu princesse

Daniel Picouly • Frédéric Pillot

Magnard Jeunesse

Aujourd'hui, Lulu lit
une histoire à ses amis
sous le grand saule rigoleur
aux mille livres suspendus
à des rubans de toutes les couleurs.
Couic ! Lulu a coupé et le livre a chu.
Plic ! Aussitôt elle le lit et… Oh là là !
L'histoire est terrifiante ! Passionnante !
Inquiétante ! Excitante ! Palpitante !
Un affreux dragon habitait
au temps jadis dans le marais.
Et s'il était encore là-bas ?

Les amis de Lulu, assis en rond,
se moquent, rigolent et ricanent.
– Ha! Ha! Ha! un dragon.
– Hi! Hi! Hi! qui crache des flammes.
– Ho! Ho! Ho! caché dans le marais.
– Tout ça, c'est fariboles et farfadets.
Rien-ne-sert, le lièvre même pas roux,
veut percer le ventre, couper le cou du dragon…
Ha! Ha! Ha!… s'il existe.
Lulu est déçue, et même très triste.

Ses amis ne l'ont pas crue ;
il n'y a rien de pire pour Lulu.
Elle se dit qu'ils ont peut-être raison.
Allons ! Ça n'existe pas les dragons.
Mais, qu'est-ce que c'est que ça ?
Un morceau de papier vient de tomber
des pages, juste à ses pieds.
Lulu le déplie et que lit-elle là ?
« Venez me sauver du Dragon incendiaire.
Signé : Henssatour de Guingois, princesse prisonnière. »

—Par ma carapace et mes couettes,
il faut que j'en aie le cœur net.
Lulu court au marais. La tour est là,
toute de guingois, de haut en bas.
Sur la porte, deux sonnettes proprettes :
« Dragon incendiaire »,
« Princesse prisonnière ».
Dir-Diring ! Dir-Diring !
Point de princesse.
Durung ! Durung !
Foin de dragon.
—Holi-Holà, de la Tour de Guingois,
Lulu demande à entrer chez toi !
Pas un cri, pas un bruit.
—Alors j'arrive, tant pis !

À l'intérieur, tout est brûlé, calciné
comme après un grand incendie.
Tout à coup, devant Lulu, surgit
un dragon qu'on dirait déguisé.
—Arrière, vilaine tortue sans armure.
Je suis la plus terrifiante des créatures
que la Terre ait jamais portée.
Comment oses-tu m'importuner ?
—Je viens sauver la princesse que tu retiens.
—Foi de dragon, cette tortue est zinzin.
Lulu lui montre le mot qu'elle a trouvé.
Alors le dragon se met à pleurer.

–Tortue zinzin, je dois te l'avouer :
j'ai écrit ce mot moi-même.
Boûh ! Car personne ne m'aime.
Je suis un pauvre dragon abandonné
sans la moindre princesse à garder.
Dès que se présente un chevalier,
je crache des flammes de timidité.
Lulu, j'ai honte de mes faiblesses.
Je veux que tu sois ma princesse.
Je te ferai les meilleures crèmes brûlées.
–Foi de Lulu gourmande, j'accepte le marché.
Faisons savoir qu'un dragon retient une princesse
  et attend les chevaliers pleins de hardiesse.

Par les bois et les chemins,
la Cigogne étourdie s'en va crier
à gorge déployée,
en lisant son parchemin.
– Oyez! Oyez! Avis à la population!
Ragon Ier, dragon de profession,
informe qu'il retient, en sa Tour de Guingois,
la douce et belle princesse Joli-Minois
et qu'il défie tout preux chevalier
qui voudrait venir la délivrer.
Armure et blanc destrier obligatoires
sous peine d'éliminatoire.

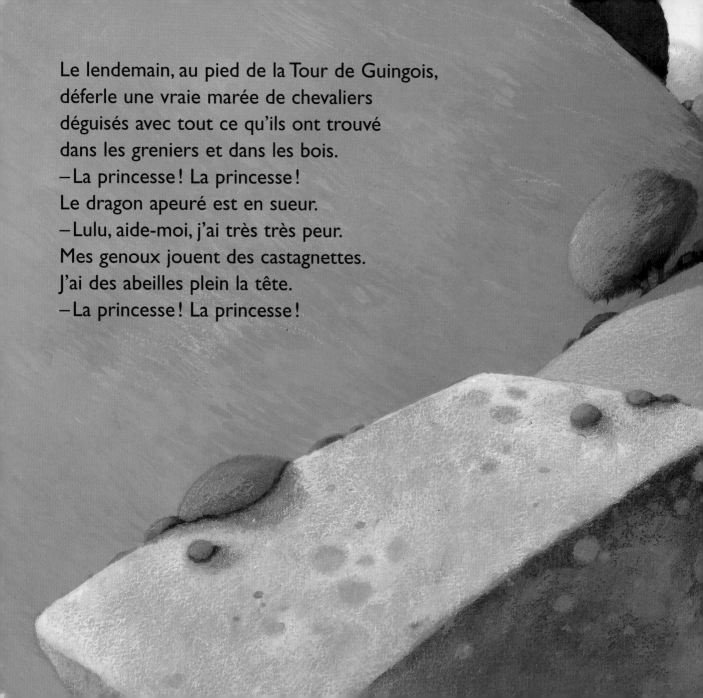

Le lendemain, au pied de la Tour de Guingois,
déferle une vraie marée de chevaliers
déguisés avec tout ce qu'ils ont trouvé
dans les greniers et dans les bois.
– La princesse ! La princesse !
Le dragon apeuré est en sueur.
– Lulu, aide-moi, j'ai très très peur.
Mes genoux jouent des castagnettes.
J'ai des abeilles plein la tête.
– La princesse ! La princesse !

Lulu apparaît au sommet de la tour.
À la foule, elle s'adresse
dans ses plus beaux atours :
robe de soie et longues tresses.
— Nobles chevaliers assemblés,
messire Dragon terrifiant
affrontera le gagnant
du Grand Tournoi entre vous organisé.
Allez ! Et le vainqueur
emportera… mon cœur !

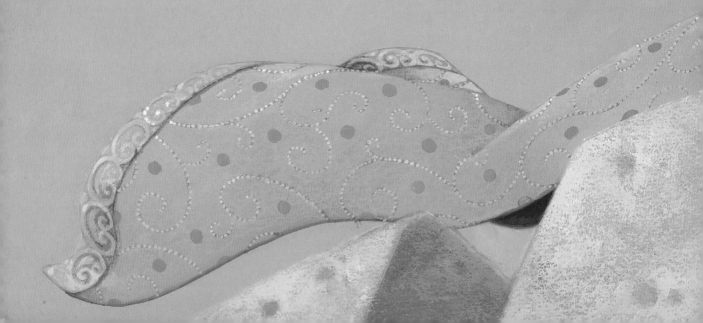

Dans la clairière au creux des bois,
on installe le lieu du Grand Tournoi.
Sait-tout le hibou veille au moindre détail :
armure, lance, couleurs, cotte de maille ;
tout doit être d'époque.
Rien-ne-sert se moque :
— Pourquoi tant de tralalas et chichis
puisque le vainqueur, ce sera bibi !
— Soigne ton langage, lièvre prétentieux.
Un vrai chevalier en plus d'être courageux
doit bien se tenir et joliment parler.
À cet instant, les trompettes retentissent.
Les premiers concurrents entrent en lice.

Crac ! Vrac ! Patatrac !
Voilà Figaro le blaireau
les quatre fers en l'air ;
Livarot l'asticot
le nez dans la poussière ;
Labrosse le sanglier
ratatiné, écrasé, étrillé.
Ouille ! Ouille ! Ouille !
Pauvre Bavouille.
Aïe ! Aïe ! Aïe !
Faifroy la caille.
Un à un, les animaux doivent dire « Pouce ! »,
le derrière dans les chardons ou la mousse.
Clouzot le corbeau n'en crôa ! pas ses yeux.
Savez-vous qui remporte le jeu ?

C'est le lièvre Rien-ne-sert.
Le voilà pas peu fier.
Il bombe le torse, lève les bras,
crie des «Youpi!», des «Hourra!»
Mais certains ne sont pas d'accord.
—Il a triché, fait des croche-pieds!
Entend-on de tous bords.
—Vous ne pouvez pas le prouver.
Rien-ne-sert a mille fois raison :
pas de preuve, pas de punition.
Alors, haut les cœurs!
Il est déclaré vainqueur.

– Holà, de la Tour de Guingois,
Dragon terrifiant montre-toi !
Je suis sire Rien-ne-sert,
prince des lacs et rivières.
Je viens te défier et te tailler en pièces
pour libérer Joli-Minois, ma princesse.
À ces mots, Ragon Ier se met à trembler.
– Lulu, il faut me sauver, me remplacer !
Lulu ne fait ni une ni deux, ni même trois.
D'un costume de princesse, elle fait un dragon.
Assez ressemblant, ma foi.
Quoi faire d'autre de toute façon ?

Taga-gla ! Taga-gla ! Vlim !
Taga-gla ! Taga-gla ! Vlom !
Rien-ne-sert en lièvre-chevalier
et Lulu en tortue-dragon
s'affrontent devant la forêt assemblée.
Chacun encourage son champion.

Lulu aperçoit Ragon Ier bien caché.
Cela lui donne une idée :
elle s'écroule les bras en croix.
Rien-ne-sert, fou de joie,
lève les bras au ciel.
—Je vais te couper en rondelles !
—Ne touche pas à mon amie,
lièvre tricheur et mal cuit !
Ragon Ier crache une belle et longue flamme.
—Ah ! Ah ! Je te grille les fesses, lièvre infâme.

Pendant que Rien-ne-sert
vole très haut dans le ciel,
Ragon Ier, plus timide du tout,
devant Lulu tombe à genoux.
— Sois ma princesse pour la vie.
Des méchants, je te protégerai.
Des petits plats, je te cuisinerai.
— Non ! Je reste avec mes amis.
Bientôt, une jolie dragonnette
appuiera sur ta sonnette
et la Cigogne étourdie
vous apportera un tout-petit,
pour que les histoires qu'on aime bien
n'aient jamais de fin.

Le grand concert de Lulu
Daniel Picouly — Frédéric Pillot

Lulu princesse
Daniel Picouly — Frédéric Pillot

Bon anniversaire, Lulu !
Daniel Picouly — Frédéric Pillot

Le cirque de Lulu
Daniel Picouly — Frédéric Pillot

Lulu Vroumette
Daniel Picouly — Frédéric Pillot

La maîtresse de Lulu a disparu
Daniel Picouly — Frédéric Pillot

Lulu a un amoureux
Daniel Picouly — Frédéric Pillot

Lulu

Lulu et la cigogne étourdie
Daniel Picouly
Frédéric Pillot

Lulu et le Loup bleu
Daniel Picouly — Frédéric Pillot

Lulu, Présidente !
Daniel Picouly — Frédéric Pillot

Lulu et le cheval qui danse
Daniel Picouly — Frédéric Pillot

L'arche de Lulu
Daniel Picouly — Frédéric Pillot

Lulu et l'ours pyjama
Daniel Picouly — Frédéric Pillot

Lulu et le dernier des dodos
Daniel Picouly — Frédéric Pillot

Lulu grand chef
Daniel Picouly — Frédéric Pillot

Lulu fait l'école buissonnière
Daniel Picouly — Frédéric Pillot

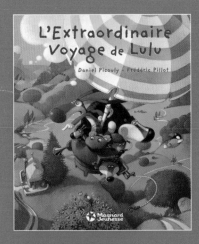

L'Extraordinaire
Voyage de Lulu

Daniel Picouly - Frédéric Pillot

Magnard
Jeunesse

Lulu et le château
des Quatre Saisons

Daniel Picouly - Frédéric Pillot

Magnard
Jeunesse

A
B
C

L'ABÉCÉDAIRE
LULU VROUMETTE

Daniel Picouly et Frédéric Pillot

Magnard
Jeunesse

Le Sapin de Noël de Lulu

Une histoire écrite et racontée par Daniel Picouly
Illustrations de Frédéric Pillot

un livre | un CD

Lulu et le Loup bleu

Une histoire écrite et racontée par Daniel Picouly
Illustrations de Frédéric Pillot

un livre | un CD

Magnard
Jeunesse

Lulu Vroumette

Une histoire écrite et racontée par Daniel Picouly
Illustrations de Frédéric Pillot

un livre | un CD

Magnard
Jeunesse

Application numérique

Un album interactif lu par Daniel Picouly,
offrant une grande variété d'animations.

Disponible en français, anglais et espagnol sur l'App Store et Google Play Store

© Éditions Magnard Jeunesse, 2015
www.magnardjeunesse.fr
5, allée de la 2e D.B. - CS 81529 - 75726 PARIS 15 Cedex

Dépôt légal : août 2015 - N° éditeur : 2015/0232
N°ISBN : 978-2-210-96075-6
Achevé d'imprimer en juillet 2015 par Pollina - L72998